PRÉCIS ANALYTIQUE.

D'UN DISCOURS

SUR LES MOYENS

De hâter les progrès de l'art de guérir,

ADRESSÉ

A l'Académie royale de Médecine de Paris.

PAR M. PY,

Docteur-médecin à Narbonne, correspondant de cette compagnie.

TOULOUSE,

IMPRIMERIE D'AUG. DE LABOUÏSSE-ROCHEFORT,

Rue Croix-Baragnon, hôtel Castellane.

———

1846.

PRÉCIS ANALYTIQUE

D'UN DISCOURS

SUR LES MOYENS

De hâter les progrès de l'art de guérir.

Pour bien dessiner son point de départ, M. Py divise son discours en deux parties : dans la première, il se sert de l'histoire et de la bibliographie médicale pour dire, avec connaissance de cause, ce qu'était l'art de guérir à son origine, et ce qu'il est encore aujourd'hui, par l'effet du faux esprit de système qui de tout temps a contrebalancé et corrompu l'enseignement des écoles; dans la deuxième, après avoir émis son opinion sagement critique sur les différents systèmes qui font la vogue d'un grand nombre d'enthousiastes de nos jours, il exprime toute sa pensée sur ce que pourrait être la science, si la mesure générale qu'il propose, et dont il démontre les avantages, était adoptée.

C'est dans cette deuxième partie que notre auteur s'élève contre la divergence d'opinion qui règne parmi les médecins, et dont il attribue avec raison la cause à la divagation des fausses théories, ou doctrines, que se sont permis de tout temps, et se permettent encore d'enseigner, certains professeurs qui abusent ainsi de l'indépendance attachée à leur titre pour inculquer dans l'esprit de leurs jeunes auditeurs des systèmes dont le fond n'est en réalité qu'une vaine fantasmagorie.

Ces considérations sur le faux esprit de système, qui ne tend qu'à l'affaiblissement et même à l'oubli de la juste idée que tout médecin doit se faire de l'importance et de l'utilité de l'art salutaire , ont inspiré à ce sévère observateur l'idée du puissant moyen dont il donne le développement à la suite des réflexions qu'on va lire :

Maintenant que nous connaissons, nous dit-il, le funeste ascendant qu'ont eu les fausses théories , ou doctrines , pour répandre dans la carrière de la médecine le trouble et la confusion qu'on y remarque depuis si long-temps; aujourd'hui que l'action du préjugé contre la science et ses ministres tend à détruire de plus en plus la considération que le public éclairé aimait d'avoir pour une profession qu'honora de tout temps l'utilité des services qui font le principal caractère de sa dignité, ouvrirons-nous un autre avis que celui que nous avons indiqué? conseillerons-nous une autre mesure que celle que nous avons proposée ?

Non, nous avons trop de confiance dans l'avenir de cette mesure (1) pour ne pas persister à en solliciter la plus prompte exécution. Le Gouvernement fournirait, en l'adoptant, le plus bel exemple d'entraînement qu'il soit possible de désirer en ce moment de crise où presque tout ce qu'il y a d'éclairé dans le monde intellectuel paraît souscrire à la lutte d'un préjugé qu'alimente l'ignorance et la mauvaise foi contre le zèle infatigable et l'exacte probité du vrai savoir médical. Le prestige de l'erreur et de l'illusion s'évanouirait comme un rêve creux, alors que, grâce à la détermination prise par nos législateurs , tous nos vains critiques verraient la plus utile des sciences élevée sur *le trépied sacré*, d'où elle éclairerait les populations sur le plus vrai et le plus cher de leurs intérêts : le bonheur de la société.

Pleins de cette idée, que corrobore la certitude des principes philosophiques qui, dans notre discours, ont déjà parlé si haut en faveur de la cause que nous défendons, nous osons espérer que, disant droit à l'importance des vues qu'offre notre projet d'institution d'un ministère de la médecine, la sagesse de Monsieur le Ministre de l'Instruction publique en fera l'objet d'un rapport qui, dans le cours de la session actuelle, sera présenté à la délibération des Chambres.

O qu'elle serait vaste la sphère du bien attaché à la réalisation de cette grande institution, si à ses côtés pouvait figurer le groupe imposant des sociétés médicales, qu'il conviendrait encore d'établir au chef-lieu de chaque département, ainsi que les commissions médicales à organiser au chef-lieu de nos arrondissements! C'est alors qu'en vertu du commerce réciproque qui s'établirait entre ces utiles associations et l'Académie royale de Médecine de Paris, où elles auraient leur point central de correspondance pour la communication libre de leurs travaux respectifs, la certitude du progrès des lumières cesserait d'être un problème par la noble rivalité de zèle qui régnerait parmi les collaborateurs!

Si l'ensemble de notre projet pouvait être accueilli, et que la grande école de Paris, au sein de laquelle notre siècle semble vouloir marquer l'abandon qu'elle entend faire des fausses théories qu'un pur sensualisme avait exhumées, se ralliât autour de la saine philosophie qui honore et glorifie tant ses deux rivales de Montpellier et de Strasbourg; pour

tout dire, en un mot, si cette école de la première capitale
du monde civilisé adoptait, sans restriction, la formule de
l'enseignement fourni par la doctrine hippocratique, c'est
alors qu'à la faveur des bienfaits que cette doctrine perfec-
tionnée ne cesserait de répandre sur l'humanité, grâce à
l'instruction solide que recevraient partout nos jeunes doc-
teurs, les populations de nos campagnes savoureraient à
longs traits, aussi bien que celles de nos villes, la douceur
d'un mode d'enseignement, dont les avantages incompara-
bles fixeraient à toujours l'estime, la confiance et la considération du corps médical sur la réalité du bonheur que lui
devrait l'ordre social !

Quiconque jugera le fond de nos vues organisatrices, sans
autre entraînement que celui de la vérité, en trouvera peut-
être la justesse et le fondement dans ce que nous avons dit
des vaines tentatives, de tout temps, faites par le faux esprit
de système pour renverser la doctrine que les siècles ont
consacrée. Cet esprit, en effet, malgré ses divagations dans
la fantasmagorie des curiosités et des nouveautés, n'a jamais
pu inventer que des théories, ou des doctrines, qui, à vrai
dire, ont souvent retardé la marche de la science; mais qui
ont fini toutes par s'entre-détruire réciproquement. La médecine hippocratique, au contraire, est toujours restée de-
bout, au milieu de leurs ruines, comme un témoignage de
la solidité de ses principes.

Secouons-le donc ce fatal préjugé qui tend, sans relâche,
à nous faire accroire qu'il n'y a que la pleine et entière liberté de l'enseignement qui puisse faire progresser les sciences en général et la médecine en particulier. Reconnaissons

le mal fait à cette science divine par les abus des temps passés, et cherchons à y rémédier par les exigences du temps présent. Et puisque ces exigences commandent impérieusement le besoin d'une réorganisation médicale, tâchons de limiter dans de justes bornes cette liberté outrée qu'ont certains professeurs de pouvoir introduire dans l'enseignement telle théorie, ou telle doctrine, qui aura fasciné leur imagination.

De même qu'en politique l'esprit conservateur du Gouvernement sait opposer son autorité aux inductions d'une liberté qui tendrait à l'infraction des lois, ces seuls vrais liens des intérêts sociaux, de même aussi toute théorie, ou tout système contraire à la vérité doctrinale, doivent être exclus des chaires d'enseignement de nos Facultés. Au ton décidé de ces esprits frondeurs, qui ne rêvent qu'une liberté absolue dans le domaine des sciences, nous n'opposerons qu'une réflexion qui aura, sans doute, l'assentiment des têtes à sens droit.

Serait-il juste, leur dirons-nous, que le Gouvernement, qui salarie si largement les professeurs de nos Facultés pour procurer aux élèves les avantages que la société attend de la bonne éducation médicale qu'ils y auront reçue, n'exigeât, tous les ans, ce sacrifice du budget que pour en obtenir un résultat contraire à ses intentions paternelles?

A qui les antagonistes de notre opinion feront-ils croire qu'un père de famille veuille sacrifier sept, huit mille francs, qu'il faut à l'instruction complète de tout jeune aspirant au titre de médecin, pour voir celui de ses fils qui se serait voué à l'étude de cette profession encourir, à son retour, le mauvais vouloir de ses confrères, et le manque de confiance de ses concitoyens, par la ridicule divergence de ses idées avec l'opinion médicale admise?

Oui, enlevons à nos écoles la trop grande liberté d'enseignement (2), et nous verrons soudain la médecine, secouant la poussière des abus qui ont tant fait pâlir son front radieux, élever noblement sa bannière pour confondre ses Zoïles les plus obstinés, et marcher ensuite, avec la rapidité de l'éclair, vers sa destinée, qui veut qu'*elle subsiste de toute éternité, à l'égal des lois de la nature sur lesquelles elle repose!*

Je ne voudrais d'autre preuve contre les abus du trop libre enseignement que le scandaleux exemple que vient de donner à la France l'originalité de M. Quinet, qui, abusant de *l'indépendance* que lui attribuait son titre de professeur au Collége de France, s'est permis d'échanger, deux ans de suite, le cours de littérature qui faisait l'unique objet de sa mission, contre des leçons sur les éventualités de l'histoire ecclésiastique.

Indépendance qu'on pourrait, sans témérité, considérer comme un des motifs qui ont amené la dissolution et le renouvellement du conseil royal de l'Université.

Supposé que l'abus de cet exemple ait échappé à la clairvoyance de la haute commission chargée de donner son avis pour le projet d'une nouvelle loi sur l'organisation de la médecine, espérons que Monsieur le Ministre de l'Instruction publique aura à cœur de remplir cette lacune dans le rapport qu'il a promis de présenter aux Chambres sur cette matière si importante.

Et certes personne n'aurait à se plaindre de cette mesure sagement coercitive, puisque tout inventeur d'une théorie, ou d'une doctrine, aurait, pour la faire connaître, la ressource de la presse dont usent les journaux de médecine, et qui ouvre si libéralement leurs colonnes non-seulement aux faits acquis par la science, mais aussi à tout ce qui tient de la nouveauté.

Bien que notre projet d'associations médicales promette à la science de la garantir insensiblement de la trop dangereuse influence des fausses théories qui ont tant retardé jusqu'ici la marche de ses progrès, quelle nouvelle force d'activité ne communiquerait pas aux trois branches de l'art, pour les faire prospérer, la création d'un ministère spécialement consacré à l'administration de leurs services respectifs? Aussi, en nous souriant, cette idée nous inspire-t-elle la plus grande confiance dans son adoption (3).

Le but de mon discours est facile à saisir : je n'ai écrit que pour indiquer les moyens qui me semblent propres à rendre à la carrière de la médecine la considération que lui ont fait perdre les trop profondes racines des abus qu'amènent toutes les grandes révolutions, et pour élever, à la place du faux esprit de système qui l'empêche de progresser, cette noble et solide régénération de lumières qui flatte l'espoir et l'intérêt de la hiérarchie sociale, et que promet de réaliser l'enseignement unitaire de la doctrine d'Hippocrate, si cet enseignement pouvait être l'apanage intellectuel des élèves dans toutes nos Facultés et Ecoles préparatoires de Médecine.

Tels sont mes vœux, telles sont mes espérances ! En les réalisant, le Gouvernement se créerait pour lui-même la plus pure, comme la plus douce des jouissances, alors qu'il

verrait l'hommage de la reconnaissance, rendu à sa sollici-
tude paternelle par la génération actuelle, préparer à la
mémoire de son administration l'éternelle bénédiction des
générations futures!!!

Il aurait son rang dans toutes les délibérations du Conseil
des Ministres, sa représentation, ses bureaux, son budget.
Il s'occuperait, avec son Conseil spécial, de tout ce qui
serait relatif aux différents services de son ministère, et
présenterait ensuite au Conseil des Ministres ses vues admi-
nistratives, avant de les soumettre à la sage prévoyance de
notre bon Roi, toutes les fois que quelque circonstance im-
périeuse pourrait l'exiger.

Mais, vous n'y pensez pas, va-t-on me crier de toute part,
de vouloir qu'on crée un ministère pour un art qui, depuis
Démocrite jusqu'à Molière, n'a cessé d'être la risée du monde
savant? Votre proposition fait le plus grand tort à vos con-
naissances, puisqu'elle vous donne pour un écrivain tout à
fait étranger aux agressions dont l'art de guérir a été jusqu'ici
l'objet sous tant de rapports!

Non, je n'ignore point la redondance des épigrammes,
des satires, des sarcasmes, qui furent lancés de tout temps,
par des hommes de mérite fort différent, contre la médecine
et les médecins. Je connais tout ce qui a été dit et écrit, à
ce sujet, par Asclépiade de Bythinie, et Caton le censeur;
par les empereurs Adrien et Tibère; par les Pline, les Mar-
tial, les Pétrarque, les Montaigne, les Bacon, les Jean-
Jacques, les Gilibert, les Voltaire; je sais même que Rome
se passa de médecins pendant près de 500 ans.

Ces faits sont historiques, et je conviens de leur réalité;

mais il y a déjà long-temps que les esprits rassis ne se méprennent plus sur le sens de la vraie interprétation qu'il faut leur donner. Bordeu, Barthez et Fouquet, nous avaient appris que la plupart des détracteurs de la médecine n'avaient entendu diriger leurs sarcasmes que contre les mauvais médecins, quand Bernardin de Saint-Pierre annonça, au 4e vol. des *Études de la Nature,* que, dans une de ses conférences avec Jean-Jacques, ce philosophe lui avait avoué qu'il était fâché d'avoir écrit contre la médecine, et que s'il donnait une nouvelle édition de ses œuvres, il démentirait tout ce qu'il avait publié contre les médecins, parce qu'il avait reconnu que c'est dans cette classe que se trouvent les hommes le plus éminemment instruits.

En se transportant à l'époque où nos anciens rois sentirent le besoin de se donner un conseil d'administration pour gérer les affaires du royaume, l'art de guérir était, sans doute, trop dans l'enfance pour mériter de figurer, à l'égal de la justice, sur la ligne ministérielle. Mais aujourd'hui que les lumières de cet art salutaire sont généralement reconnues, nos législateurs seraient d'autant moins excusables de ne pas le relever de l'espèce d'abandon où il languit depuis si long-temps, que l'utilité de ses services est un fait généralement avéré, sous quelque rapport que l'on considère les avantages, que les grandes réunions d'hommes retirent de son influence : 1º pendant les épidémies; 2º contre les maladies endémiques; 3º dans les conseils de recrutement; 4º dans les questions médico-légales; 5º en police médicale; 6º en hygiène publique et privée.

On peut donc dire aujourd'hui, sans craindre d'être démenti, que la médecine est pour les autres sciences, telles que la jurisprudence, l'économie politique, la psychologie, la morale et d'autres branches accessoires, un flambeau à l'aide duquel elles pourront porter une vive lumière dans les parties les plus obscures de leur domaine.

P.-S. Notre projet de réorganisation médicale comblerait encore plus vite les besoins de l'intérèt social, si la création des officiers de santé était remplacée par l'institution d'une classe de licenciés, et que nos Ecoles préparatoires de Médecine fussent chargées de former l'éducation médicale de ces jeunes aspirants de la manière suivante :

1° Pour étre admis au grade de licencié en médecine, le candidat serait porteur d'un certificat de bonnes vie et mœurs, et du diplôme de bachelier ès-lettres. Ce n'est qu'à cette condition qu'il pourrait demander à être inscrit sur un registre *ad hoc*, au secrétariat de l'Ecole dont il ferait choix.

2° Chaque élève serait tenu de suivre, pendant quatre ans (4), les cours d'enseignement de l'Ecole où il se serait inscrit; il y prendrait quatre inscriptions par année, et y subirait, au temps prescrit par les règlements, les cinq premiers des six examens que l'on fait subir aux élèves des Facultés spéciales de Médecine.

3° Il paierait à l'Ecole 35 fr. pour chacune des seize inscriptions qu'il aurait à prendre, et 25 fr. pour chacun des cinq examens qu'il aurait à y subir; et les sommes provenant de ces divers paiements seraient reversables, à titre de droit de présence, sur la tête des professeurs.

4° Muni du relevé de ses seize inscriptions et de ses cinq examens subis, tout élève d'une École préparatoire n'aurait qu'à se présenter à une des trois Facultés de Médecine pour être admis à subir son sixième examen, qui embrasserait la médecine pratique, la médecine opératoire et la matière médicale.

Il verserait dans la caisse du trésorier de la Faculté le montant du taux exigé pour ce sixième examen; et, s'il était admis, il verserait encore dans la même caisse le montant de son diplôme de licencié.

Dira-t-on, contre notre projet de licenciés, que la médecine n'admettant pas qu'il y ait de demi-maladies, l'humanité se refuse à admettre des demi-médecins?

Mais on serait, il nous semble, fondé à répondre que ces prétendus demi-médecins vaudraient cent fois mieux que la plupart des officiers de santé. Qui oserait d'ailleurs contester que les Lamure, les Bordeu, les Barthez, les Fouquet, les Portal, les Baumes, les Chrestien et tant d'autres noms fameux, ont prouvé à l'Europe entière que leurs lumières ne le cédaient en rien à celles des plus grands médecins de nos jours, bien que leur front ne se fût blanchi que pendant trois ans à la poussière de l'ancienne Université de Médecine de Montpellier.

Ce projet d'institution de licenciés, en rehaussant le décorum et les attributions trop minimes des Écoles préparatoires de médecine, contribuerait à rendre le service de la médecine non moins sûr et profitable aux malades de nos cantons ruraux, qu'il l'est déjà pour ceux de nos villes :

1° Parce que cette classe de licenciés aurait reçu, dans

les Ecoles préparatoires, la même instruction qui se donne dans les Facultés ;

2º Parce que ces licenciés, issus presque tous de la classe agricole, en rentrant dans leurs foyers, porteraient à leurs malades la spécialité d'un intérêt qui ne saurait manquer de les entourer d'une confiance que la solidité de leurs lumières augmenterait de jour en jour.

NOTES.

(1) Cette mesure embrasse trois points essentiels, auxquels se rattachent les intérêts scientifiques, moraux et matériels de la profession ; savoir :

1° L'enseignement unitaire, qu'il serait nécessaire d'établir dans les trois Facultés et les Ecoles préparatoires de Médecine, où la doctrine d'Hippocrate doit enfin l'emporter sur le vague et faux esprit de système qui n'en a que trop retardé la marche progressive ;

2° L'introduction de l'esprit de corps parmi les gens de l'art, si facile à obtenir, à l'aide d'une bonne organisation de sociétés et de commissions médicales, qui, en les éloignant tous à l'envi de l'ornière des abus, les engagerait à se tenir constamment sur la ligne du devoir et des égards qu'on se doit entre confrères ;

3° La forme administrative qu'il conviendrait de donner à l'exercice de la médecine, en créant pour elle un ministère, qui ne saurait manquer de lui faire reconquérir sa considération et sa gloire primitives à force d'engager la généralité des médecins à s'estimer, à s'aimer et à s'entr'aider mutuellement, à l'égal des avocats qui doivent cet avantage si précieux à la retenue que leur inspire l'institution du ministère de la justice.

(Voir, à la fin de ce Précis, le mode de création et d'administration du ministère de la médecine que nous proposons).

(2) C'est aux suites si funestes de l'institution des Ecoles de Santé, de l'an III, que doit être rapportée la fourmilière des abus qui n'ont cessé, depuis cette terrible époque d'anarchie, d'exercer leur vagabondage dans l'enseignement, comme dans l'exercice de la médecine.

(3) Ce ministère serait institué et organisé de la manière suivante : Chaque Faculté de Médecine présenterait un candidat au Roi, qui choisirait pour Ministre celui des trois candidats que bon lui semblerait. — Ce Ministre aurait son Conseil spécial, qui serait composé de cinq membres, tous médecins, et nommés, comme

lui, par le Roi ; ces conseillers prendraient le titre d'Inspecteurs généraux du service de santé civile.

D'accord avec son conseil, Monsieur le Ministre règlerait tout ce qui est relatif à l'enseignement, comme à l'administration du service, non-seulement des Facultés et Ecoles préparatoires de Médecine, mais aussi des trois Facultés spéciales de pharmacie.

Lorsqu'une chaire de professeur serait vacante dans une des trois Facultés, soit de Médecine, soit de Pharmacie, Monsieur le Ministre prendrait un arrêté, pour pourvoir au remplacement du professeur mort ou démissionnaire, au moyen d'un concours dont l'arrêté ministériel fixerait l'époque et les conditions.

(Il demeure bien entendu que toute permutation de chaire entre professeurs serait toujours prohibée).

Le concours terminé, le jugement rendu par le jury serait adressé à Monsieur le Ministre, pour être par lui présenté au Roi, qui rendrait une ordonnance royale portant la nomination du candidat sorti victorieux de la lutte. *N. B.* Un des Inspecteurs généraux assisterait au concours, en qualité de juge.

MM. les Inspecteurs généraux seraient chargés, non-seulement de l'administration du service des trois Facultés de Médecine et de Pharmacie, mais encore de l'inspection du service de santé de tous les hôpitaux civils du royaume, sans s'immiscer pour rien dans le service des salles militaires qui seraient établies dans ces hôpitaux; l'époque de leur inspection serait fixée par un arrêté ministériel, et ils recevraient tous du Gouvernement les mêmes émoluments qu'ils accorde à MM. les Inspecteurs généraux du service de santé militaire.

Monsieur le Ministre de la Médecine jouirait des mêmes attributions dont jouissent les autres Ministres.

(4) Nous supposons que la loi nouvelle portera à cinq ans le temps des études à faire dans chaque Faculté, pour pouvoir y être reçu docteur en médecine.

FIN.

www.ingramcontent.com/pod-product-compliance
Lightning Source LLC
Chambersburg PA
CBHW061435170626
46811CB00005B/2285